句集

風の象《かぜのかたち》

原満三寿
Hara Masaji

深夜叢書社

風の象——目次

装丁　高林昭太

句集　風の象《かぜのかたち》

原満三寿

未生の産声

衆妙の門に未生の風とおり

陽炎や未生の仏がおぼれいる

未生から空《くう》をはいずる胎児かな

未生から百鬼夜行と火遊びす

春きざす胎児のときから耳が肥え
彼岸まで此岸がはじまる産みの道
あけぼのや転生の声とどろきぬ
天上からギャテーギャテー天下まで
＊ギャテー＝般若心経、「やったぞ、やったぞ」の意、とも
産声は永き渡世のホイッスル

娑婆にでて赤子はすぐにひとり旅

臍の緒を切られたとたんに臍《ほぞ》をかむ

豆のはな赤子の尻は微笑仏

おしゃぶりの赤子は前世《まえ》から好い児ぶり

赤子むく太っちょママは春キャベツ

赤ん坊へ全山めぶく音たてて

けものめく満山・ベイビー発毛す

生まれるや還りをいそぐいのちたち

ベイビーがはいずり蝶を鷲づかむ

四つある双子の目玉にあまたの目

うばいあう乳飲みの双子の長夜かな

鬼の児も臍から万世ひきつがれ

鬼の児は鬼面をつけて乳を咬む

鬼の児も百代の過客　春おしむ

鬼の児に生傷たえず草いきれ

とおい日の尻の記憶に天花粉

さすらいの赤ん坊がわめく母郷かな

尾がうずく芽吹きの山を駆けおりて

春いちばん洟たれ小僧に後日談

番長の人にはいえぬ蒙古斑

夏木立ぬぎすてられし風の色
冬木立さよならだけの風の声
ガタガタと白骨あそびや秋のガタ
一族の死後硬直のセピア写真
この指にとまれや煩悩のいのちたち

風を染める

蓮の糸つむいで異国の風を聴く
天窓の明かりがまず見る古代色
現し世に草木の色気が生まれくる
秋草を煮殺しとりだす淡紅《とき》の色

雨あがる藍の神秘が音をあげる
バシバシッと空気でさばく藍の糸
藍を着てきりりと澄める老いの刻
野の童女ゆれて朝日に合歓の花
風を着て郁子と語らう道が好き

木洩れ日が木槿の底の紅を指す
すすき野を蘇枋色で舞う山乙女
筆圧をあげて竜胆の風の文
ある風は笹の動きで熊を知る
ブナ山の脊梁をゆく風音人《まうねびと》
*風音＝まうね、アイヌ語

夕紅葉さびしさの底に鬼うまれ

誑《たら》しくる紅葉の夕陽になりすまし

紅葉焚く恨《はん》のかずかずパンソリに
*パンソリ＝朝鮮の民族芸能の一

蔦紅葉のぼった歳月おりられず

ドア全開　韋駄天走りに山紅葉

悪月やしれしれと鳴くふさぎ虫

山宿の夢に猪臭のけものみち

山襞に風なぐ継子の尻拭い

からだ晴れ山路でひろう蝶の骨

夜を聴く　埋没林をわたる風

無神論ではちきれそうな蟬の空

焦げるほど思考停止の蟬しぐれ

蟬しぐれ噴水の業なり水を噴く

空蟬のなかで禁書を読みふけり

蜩や孤児の日月孤児のまま

風のしぐさ

黒子きて子沢山の子を芽吹かせる

啓蟄や浮世に顔だす膝っ小僧

花ちるを花よりさきに影にみる

電柱も鼻も花冷えの最中なり

クレヨンの菜花一色の総身かな

野火奔る飛んで火に入る影法師

昔日のおらが膝には春がのり

野道ララ人間ラララたんぽぽぽ

春の果ひとりの酌は柚子味噌と

ひとり酌むなかなか帰らぬ不帰の客
ほどほどに生まれて日向に指ひらく
緑陰で胸の隆きをやや誇示す
青野にて髪の乱れを乱れさす
砂山の殺し文句は砂まみれ

片想い問うこともなく顔わすれ

電話まつ耳より脳が発酵し

花野にて禿頭おろかに妄想す

闇汁や乳房なげこみたぎらせり

おたがいを掠って電車はみぎひだり

旅に死すブッダは扁平足だったとか

風草やお地蔵さんはなぜ裸足

野をうめたヒマワリ背後でうごきだす

菊びより三人よれば虫の貌

ポックリ死できれば欅の晴れた日に

はぐれ風

考える葦にみせかけ懐手

芽吹き好き山に顔だす雲も好き

童女らの手の鳴る方に雲雀の巣

ひょうはくのへのへのもへじ蟻の列

山蟻にすごまれ飯粒たてまつる

徘徊のはじめは勁く口つぐむ

残日のいっぴき狼と酌み別れ

残像の日傘くるくるシャッター街

ほろり酔うとろりとお日さま沈みゆく

ほろ苦く別れて鷗の群のなか

草の家　人の嗚咽に虫すだく

草ぶかき寺に連理の人面魚

秋ついに顔からはがれぬ翁面

秋ふかしどの地下街も出口なく

蟷螂と見入る新聞〈尋ね人〉

枯蟷螂この世はあの世と言いだしぬ

寒樹間いまをかぎりの海明かり

ちかごろは死に損ないがいいと思う

死者にくる文も毛虫も燃やすのみ

デジャ・ビュの過疎村、十五句

人も田もみんな縮んだ山の村

十指もて田草かきかき嬶おくり

四つん這いでヒバリを負うて宿根抜き

廃屋が柿の木ついで星の下

女坂その勾配も古なじみ

山老いて風の坂道しわぶきす

くちなわが廃家の梁にぶらさがり

限界だね……憫笑するたび人きえる

山くさい子から出てゆく一夏《いちげ》かな

虎杖の跳梁にかくれ赤い靴

廃校の雲梯に夕陽ぶらさがる

盗み食い？　仁王の足下に枇杷の種

屋号から声はすれども烏瓜

鄙寺のひらきなおりし秘仏かな

無住寺の月夜にずれる鬼瓦

風の流浪

かたくなな牝馬をさとす山わらう

行く春やゴリラがゴリラの胸たたく

万緑や托卵の雛　高飛びす

孤独死のその日もはたらく鳩時計

あめんぼうが跳んで己の影に乗る
夕映えをずるずる呑みこむ蟇蛙
ナメクジリ肉を嗅ぎあい行きすぎぬ
殻なくて世の辛酸をナメクジリ
往き還りわからず梢にきいてみる

呼ぶ声も野分も去って佇ちつくす

秋入り日　蹴落とす前に悲鳴あげ

風船と入り日に興ずる檸檬の木

秋深し「前世《まえ》は人だった」と犬の翳

道草やいろはにほへと通草の実

野ざらしの繰り言つづく月夜かな
野ざらしが水の声きく星月夜
その頬に雪のカタコトふりつづく
ラム肉の羹《すーぷ》にあつまり老いだまる
でてゆかぬ肉の余熱をなんとする

水の容《すがた》

春の川みだれて水にしがみつく

春の川おのれの阿鼻をまだ知らず

春の川ゆめのつづきにオフィーリア

ホームレス容れて春まつ橋の脚

土橋くずれ過客とのぞく川の貌

海にむく紙の死体の墓あらう

海鳴りや次郎にはない臍の箱

波と彼　性懲りもなくよく崩れ

帆船へ子を横抱きに農婦駆け

夕霧か帯のいずれか仏壇臭

霜と寝てひとよふたよで山葡萄

罪なくも己を罰する霙かな

湯湯婆《ゆたんぽ》の今生に凍裂うちつづく

鱒むしりかの人酔えばへ弥三郎エー

乾鮭《からざけ》の〳〵鷗なく音《ね》を腹で聴く

残日の真昼の〳〵津軽海峡　雪ぬくし

橅の森　迷霧に心身わかれゆく

みちのくの橅山ふかく蝦夷《えみし》めく

肩ぬらし山背に俘囚きえゆくか

ダムは反り春大根は丸かじり

反りかえるダムがなんぞや草ぺんぺん

蒼穹をもてあましたるダムの反り

死の山の水をあつめて最上川

早乙女が坂東太郎を手づかみす

たっぷりと空気をゆする信濃川
紀の川の容《すがた》をかたる族の長《おさ》
笛吹川　世の大方は夢の譚
蓮の花みにきて可笑しい水の皺
蓮の実を朝日へザクザク生で食い

デジャ・ビュの放浪、五句

流れつく港の月に立ち尿る

霧笛の異郷の埠頭に目まで濡れ

霧の夜のあぶれてすがるカップ酒

ひんしゅくと南風をいただき眠るかな

長き夜やたがいを売らんと夫婦旅

颪の翳

牡丹いま千年の陰　闌《たけ》き尸解

花吹雪のっぺらぼうが囃しあう

花遍路もしやあなたは理趣経

いっときは舎利とあやしむ山桜

薪能シテのすり足　平目みたい

遠い春かつては肩よせパガニーニ

哀愁のファドの向こうに夜の梅

死んだふり飽きて春宵生きたふり

五月闇ゆえなく笑い梳る

スカートを螺旋にひろげ揚雲雀
雨を聴く老嬢かつては肉食性
菖蒲の湯ときに雌猫の匂いして
侘助やおとこに消せぬおとこおり
病い笑むカワラナデシコ握りしめ

病む女に雨ひっそりと雨ことば

病葉も病の人も待つ夜明け

夕顔やその身の鬼女がいとおしい

青空を穴だらけにして枇杷をもぐ

麦秋の農婦まどろむ生ぐさく

あの夏の赤カビ青カビが窓のぞく

昼はなび椋科《むくか》の過客とすれちがう

散骨の夜は輪になり線香花火

永き日は挿頭《かざ》してみたい禿げ頭

破裂した雨のキャベツを五日食べ

旅の果て凪は裾野に巣をつくる

殺青《さつせい》に似せて長子を立て洗う

流寓の柿のはらから掌に遊ぶ

渋柿の刻つくしたる渋さかな

風花や指にぎられる事件かな

なだれこむ西日にラガーの血のガーゼ

旦日のブランコでむせぶわがボクサー

サーファーの口上手なる腰の振り

野の花をつぎつぎ呼ばわる子沢山

逆光を容れて病犬海を嗅ぐ

寒月光しりつつ掛かる虎挟み

青年の獣にホタルが火をつける

放蕩のうすよごれたる螢の火

三門を尺取り虫に随従す

蟻が曳く人影すでに人は無く

月光に歓喜の死をまつ黒揚羽

一蝶きて「あんたに鞦韆こえられぬ」

凍蝶の別れてすぐに泣きくずれ

夢の朝アカショウビンの光《かげ》のこる

残日の夢に翡翠《ヒスイ》のダイビング

＊翡翠＝ヒスイ、カワセミ

風の徘徊

野に出よと便器の水も春の声

春の野に忘れた五体の行方さて

その土手は古びて永き日のなかに

いつきても土手の青草あらそえり

寝っころぶ土手のなぞえに桐の花

吊り橋をゆすって独りをふりおとす

石の貌のぞいて次の石のぞく

そんな目で冷やし白玉みないでよ

水を釣るあきれば暇な風を釣る

水釣りへなにがいいたい昼の月

底紅をのぞいてすぎる徘徊儀礼

迷いでた目玉を辛夷がのぞきこむ

迷い人　野のものたちと立ち話

もの忘れそれも忘れて鵯《ヒヨ》ともめ

天高し懐さびしい二人旅

すすき野に棲む風にきく帰り道

秋草をさ迷う連れに古き有漏

蠟梅と迷い人さがし迷いたり

はぐれきてひとりの無残を無頼とす

いっせいに鴨とびたつはバタフライ

水臭い居残り鴨と顔見知り

大鶺の浮かれる日なり舌だす花

犇めいて干潟を統べる鳥の飢

雁かえる黒鍵だけを弾き列ね

鳥かえるゲノムの扉を今あけて

野次馬へ無辜の鮟鱇つるされる

亡き部屋に自慢の魚拓およぎだす

早春のもんどりうったる大鮃

からっぽの一家で浮かれる鯉のぼり

鯉もんで遊里の百燭こなごなに
快楽《けらく》おえカマキリ斧を寂しめり
捨てられたカナリアの裔みんなこい
コスモスはさびしいさびしいと風をよぶ
コスモスが暮れて人の灯あらわれる

海の風

南風にのり後期高齢よろけ旅
南風岬　無き蓬髪をふりみだす
うりずんの揚力であろう上むく胸
日がしずむ野馬の睫毛を陽がすべる

貘さんにくっついた地球がくれてゆく

*貘さん＝詩人 山之口貘

ヒルガオを黙語でたどる喜屋武岬

青っぱなの尖った少女が横に佇ち

手の平の白砂は海にかえさねば

古き陰画《ネガ》　人の仕業が映りおり

デジャ・ビュの海、十句

火焔樹「今八日未明」に燃えており

暗緑のウチナーを生死がにげまどう

あの夜のオバアとまかれた熱風か

戦場をシカバネの兵脱走す

連れかえる死者にまばゆい月の海

海あかね色なして泛くサレコウベ
葬列の影までいちいち灼かれおり
エイサーの闇にひしめく冥途の手
美ら海や無言も饒舌も肝苦《ちむぐ》りさ
*肝苦り＝心が痛む。
死者ねむれ　あしたまた咲く合歓の花

列子の風

熱帯夜　老子的白眼鬱血ス

眉あげて列子は風に乗ってみせ

うたたねの指の栞に「太史公自序」

＊司馬遷『史記』より

マンジュシャゲ核を以て核に易《か》う世かな

＊「伯夷列伝」（「暴を以て暴に易う」）

炎帝は人身牛首　糞たれながす原発獣

＊「三皇本紀」

四面核いかなる憂き世か推ゆかず

＊「項羽本紀」

秋の灯や康熙帝が目をむく『字統』『字通』

俳諧師　古池みるたびカワズトビ

丈草瘦《こ》け亀の頭に花ひらり

春暁の舌あかくして禅師和讃

山々の青さにいらだつ山頭火

その冬木　稲葉一鉄と名付けたり

毛坊主にさびしさうごく毛虫焼く

春泥にされて雛僧《すうそう》よごされる

萩こぼる尼僧の説法信ずべし

ひたむきに女犯の青僧泥酔す

鴉めく神父がザボンに刃をたてる

底知れぬ夕焼けをゆくチンドン屋

秋の頭を輪切りで見せる脳外科医

錫師とぐ露草の艶殺しだす

碧落の若き大工の爪のびる

夏の夜の夢しわくちゃな紙漉き師

ナナカマド手斧でほめる宮大工

風の道　染師の妻はかわききり

『風の象』畢

詩・四季の感情

春の感情

春の感情は
あらゆるものが春のノイズに充たされ悩まされる
心も軀も記憶や想い出さえもね
それが春の生命というものなんだよ

たとえば
　梅咲いて庭中に青鮫が来ている
という金子兜太の句は
老いが兆しはじめた生に春のチリチリするような性の衝動が感応している
ノイズなんだ
これが与謝蕪村だと
　紅梅の落花燃ゆらむ馬の糞
となって視覚と嗅覚とのアンビヴァレンツな感覚がせめぎあう

ノイズなんだ
たとえば
いつものように一頭の黒揚羽が大きな声をあげながら
樹の陰の蝶の道をやってくる
縁側でそんな夢虫を見ながら
裸足の指を順に動かし陽にさらす
するとね
通り過ぎたむかしの女たちの声々がしてくる
春のノイズのせいなんだ

たとえば
女たちはこんなことをいったんだ
「春の芽や莟は可憐というよりは凶暴というべきよね」
「莟が割れるときの匂いと羊水の匂いは似ている」
「枝垂れ桜は繚乱する獣のよう」
「開花はいずれも死に足るのよ」などとね

みんな春のノイズのせいなんだ
春の生き物はすべからく今生に限りあるをまだ知らず
ああわあ春の感情のままに生命をなぶるのに夢中なんだ
芽吹きや萌えに興奮する草や木に
「あんたセクシャルね」
といってやるとひどく悦ぶよ

これが春の感情というものなんだね
まあそんな春の感情はまだ枯を知らないのだから
朗らかにエロクいこうじゃないの

夏の感情

夏の感情は
なにごとにつけエントロピーが乱れるんだ

わが禿頭の脳の中もぎらぎらして
天道虫みたいのがごちゃごちゃ増えるのもそうだ

夏の感情は
なにごとにつけ過適応に熱くなる
水を求めるのはエントロピーを冷やそうとするからなんだよ

だから少年は
ドアーを開いて野山の川に遊ぶがいい
水切りを競ったりブーメランを飛ばしたり
沢蟹や石斑魚を磧で焼いて食べるのもいいし
ラムネを片手に恋に泣くのもいいものだ
自瀆に悩まされたときは滝壺をじゃぶじゃぶ泳ぐといいよ

だから青年は
獣のような万緑にむせるよりは海に肺を開くべきだ
死ぬまで泳ぎつづけるマンタのようにひたすら碧い海を漂うがいい

ただ青年の旅は
晩夏には突然終わるのが常だから
過ぎ去った感情をノマドのように持ち歩いてはいけない
美しく逞しかった肉体をおのれの老いが覗きこもうとするからだよ

だから老人は
湖畔でひとり目を瞑って風に身をまかせるんだね
夏の感情は白内障《しろそこひ》の老人には強すぎるからね
老人の心臓病と過去のスキャンダルは
ロッキングチェアを揺らす誘因ぐらいに思えばいいのさ
浮かびあがる苦い感情も夕焼けの風に吹き流させればいいんだ
けっして「恥多き生涯だった」などと思わぬことだよ
「神も悪魔も病気とスキャンダルには敵わない」
というだろう

だから
なじみの古酒《くうす》と自己憐憫に溺れてはいけないよ

皺肌が吐きだす紫煙に過ぎ去っていった女たちのことや
世間の虚名を描くのは虚しいことだよ
老いても充たされぬ喉の渇きを
伝説の巨人・夸父《こほ》[*1]のように湖水で癒そうとしないことだ
自己とは
「三十二億個ほどの塩基対によってコードされる物質の体系[*2]」
にすぎないんだからね

＊1　夸父＝中国神話の巨人。太陽を追いかけて、太陽が沈む谷まで追い詰めたが、喉が渇き黄河、渭水を飲み干したが足らず、大沢（だいたく）という千里四方もある湖に行こうとして途中で死んでしまったという。（草野巧『幻想動物辞典』より）

＊2　多田富雄『免疫の意味論』青土社

秋の感情

秋の感情は
本棚の本までも紅葉させるんだ
人は知識欲の蓋を閉め無知は広大な知であろうとばかりに
秋風を泳ぎに戸外にくりだすんだね

公園では
噴水から深紅の紅葉が噴きだし
お喋りなイロハ紅葉や公孫樹に大勢の老人たちが賑やかに吊され
その露出した骨に秋の感情が色づくんだ
定席のベンチに座した枯れた老人たちが
おのれの涸らびと残尿に目をつむり
「人体内の五臓六腑その他の各部にはそれぞれの神が宿り
総数三万六千の神がいるんだ」とごち

「薑桂《きょうけい》の性　老いていよいよ辣《らつ》なり」＊
などと嘯くのもこのころなんだね

レストランでは
ツグミのような若い男女が夏の穴を埋めようと
その赤い舌でクイックワッ囀りあい
たがいにどうやって相手を捨てようかと
変色した言葉の葉っぱをパスタとフォークでからませるんだ

黒蟻が鰯雲を曳くころ
南方へ渡る途中のアサギマダラに遭遇するかもしれない
白いタオルをぐるぐる回すとふわふわ寄ってくるのは知っているね
アサギマダラは一日あたり二百㎞も飛んで南方へ渡るんだぜ
というと　孫たちが目を輝かせるかもしれない

晩秋の無風でぽかぽか陽気の日には山裾を逍遥するのがいい
木々にからみついたアケビの蔓にはその太い感情がぶらさがり

運がよければ蜘蛛の空中飛行《バルーニング》が見られるよ
セスジアカムネグモなどがつぎつぎと糸イボから糸を出し
上昇気流に乗ってタンポポの綿毛のように空中を飛行するんだ
北国では〈雪迎え〉というんだぜ
というと　孫たちはいよいよ目を輝かせるだろう

そろそろ冬に入る時が来たようだ
書斎の窓から黄昏をのぞくと破船のごとく落葉樹がいっしゅん無言になる
秋の感情は
いよいよ枯れから骨になってゆくんだね

＊出典不詳、薑桂＝生姜、辣＝からい

冬の感情

冬の感情は
冬籠もるものはすべからく白骨であると気がつくことなんだ
山川草木人間鳥獣虫魚みな白骨となり
水火金《ごん》木土も四界も例外ではないんだからね

手びねりの甕にしがみついて死を佯り目玉まで枯れさせた蟷螂には
木乃伊の即身仏になぞらえた名を付けてやるのもいい
反魂香《はんごんこう》＊1を焚いて
閨で女体を愛でる老人はそのままにしておこう
いまさら小町九相図を拝ませるなんてのは野暮だからね
法堂に尸肉と禁書を貪る廓然無聖の老僧には
南泉《なんせん》の斬猫＊2をその膝下に放ってやるがいい
どちらも
暖かさがほしい冬のなせる感情なんだからね
嬰児籠《いじこ》で育った童子は亡母に抱かれる夢に溺れ
武者絵の凧を揚げる少年は凍てた穹に飛びたとうとし

おのれの匂いを連れ歩く青年は
人生は一回こっきりじゃないと信じこむんだ

だから冬の感情には黄泉のものたちも
「游魂変を為さず」[*3]などといいながらつぎつぎ寄ってくる
かれらは生者とともに囲炉裏の火に手をかざし
病鬼退散　呆け封じ　一家安康　猥談足清談　悪人正機如何
などと話柄はつきないんだね

萎びた婆たちが
庄内の鱈の湯上げ　富山の蕪鮨は冬の味
加賀のノドグロ棒鮨は爺に食わせるのが惜しい
などと囃せば
　味噌で飲む一ぱい酒に毒はなし
　　煤けたかかに酌をとらせて[*4]
などと歯なし爺たちが応酬する
みんな白骨を忘れ

あげくに旅の乞食僧が酔って伝えたという長生きの和讃を
幽冥界声を同じにして諷経《ふぎん》する

おととい死なず又きのう
きのうは死なず又きょうも
きょうも死なず又あすも
ことしも死なずよくとしも
かように生死を離れたり
生きるも死ぬも境なく
たとえ白骨となりぬとも
ここに浄土はありぬべし[*5]

ついには「わたし死なないかも知れない」
なんていいだす者も現れる

こうやってね
ながい冬籠りをして春を待つ冬の感情は

胎内くぐりのようなものなんだね
裸木は無口に語り
老いたものは饒舌に黙る
太郎や花子が眠る家に
骨灰のようにしんしんと雪が降りつむ夜
わたしがわたしである前の未生にそろそろ還えろうか
虎落笛が白骨を鳴らす前にね

＊1　反魂香＝焚けば死者の姿が煙のなかに現れるという香。中国故事。
＊2　南泉斬猫＝禅の公案。唐代の高僧南泉が弟子たちの争いをみて子猫を斬る、とは。
＊3　遊魂変を為さず＝一般には、「遊魂変を為す」
＊4　「味噌で飲む……」＝江戸時代の言語学者・鈴木朖（あきら）の狂歌。
＊5　「おととい死なず……」＝田能村竹田『不死の吟』の一部を改作。

未刊詩集『四季の感情』（「四季の感情」の一部改作）より

そえがき

句題は、当初『風の象《かたち》・水の容《すがた》』を想定していましたが、シンプルに『風の象』にしました。

風と水は、多様な訓義をもちますが、わたしの風と水は、自然と人間の媒介としての意義を広げ、万物の時間や時代の〈かたち〉を「風の象」に、存在や営みの〈すがた〉を「水の容」に仮託させて描いてみたい、そしてその両方の現象としての生死を語ってみたいと思ったのです。

しかし、こんな大仰はやはり身に余ることであったかもしれません。気にせずにお読みいただければありがたいです。


この夏、庄内を旅しました。湯田川温泉の「九兵衛旅館」に泊まったときのことです。この土地と旅館はわたしの好きな藤沢周平ゆかりのところで、周平さんの本、映画ポスター、写真、色紙などがたくさん展示されています。旅館は二度目なのでしたが、前回気づかなかった周平さんの一枚の色紙が目にとびこんできました。

飄風朝ヲ終エズ
驟雨日ヲ終エズ　　老子

まさに風（飄風《ひょうふう》）と水（驟雨《しゅうう》）の偈頌で、やはり相逢う縁を感じました。

句は『老子道徳経』からのもので、タオイストの加島祥造は、「台風は上陸しても半日で去る。大雨は二日とつづかない。」と訳しております。周平さんは、世の中悪いことはながくは続かない、すぐに良くなるさ、といっておられるように思います。苦難の多い庶民をはげます言葉として大事にしてきたものなのでしょう。

ご存知のように、周平さんは二十代の結核療養中に俳句と出会い、『藤沢周平句集』（文春文庫）として百余句が遺されています。

周平さんの俳句というと、「軒を出て狗寒月に照らされる」があげられますが、わたしは、「野をわれを霙うつなり打たれゆく」の句をとります。生地鶴岡の冬への厳しさ、親昵を吐露した、と感じるからです。

作家の流れで言えば、わたしの愛読作家のひとりに乙川優三郎さんがいます。氏の最新作『R.S.ヴィラセニョール』（新潮社）に、「想念の穴蔵で生む俳句」の一節があってどきっとさせられました。わたしの俳句の舞台裏をいいあてられた気がしたのです。未生やデジャ・ビュ（既視感）の作などまさにその通りだからです。

このたびも齋藤愼爾さん、髙林昭太さんのお世話になりました。お二人なくしては私の俳句は今日まで続かなかったと思います。そのはかりしれない芳情と篤い本づくりに、あらためて感謝と敬意をもうしあげます。

二〇一七年　あたたかい冬の日に　著者

原 満三寿《はら・まさじ》

一九四〇年 北海道夕張生まれ

現住所 〒333-0834 埼玉県川口市安行領根岸二八一三―二―七〇八

略歴・著作

□俳句関係「海程」「炎帝」「ゴリラ」「DA句会」を経て、無所属

■句集『日本塵』（青娥書房）

『流体めぐり』『ひとりのデュオ』『いちまいの皮膚のいろはに』『風の象』（以上、深夜叢書社）

■俳論『いまどきの俳句』（沖積舎）

□詩関係 第二次「あいなめ」「騒」を経て、無所属

■詩集『魚族の前に』（蒼龍社）『かわたれの彼は誰』『海馬村巡礼譚』（以上、青娥書房）

『臭人臭木』『タンの譚の舌の嘆の潭』『水の穴』（以上、思潮社）

『白骨を生きる』（深夜叢書社）

『続・海馬村巡礼譚』『四季の感情』（以上、未刊詩集）

□金子光晴関係

■評伝『評伝 金子光晴』（北溟社 第二回山本健吉文学賞）

■書誌『金子光晴』（日外アソシエーツ）

■編著『新潮文学アルバム45 金子光晴』（新潮社）

■資料「原満三寿蒐集 金子光晴コレクション」（神奈川近代文学館蔵）

句集　風の象

二〇一八年一月三十日　発行

著　者　原満三寿

発行者　齋藤愼爾

発行所　深夜叢書社

〒一三四―〇〇八七

東京都江戸川区清新町一―一―三四―六〇一

info@shinyasosho.com

印刷・製本　株式会社東京印書館

ISBN978-4-88032-443-2 C0092